孙子兵法

—— 第二册

上海人民美术出版社

浙江人民美术出版社

目　录

战例 **秦王因利制权灭六国**

编文：浦 石

绘画：戴红杰 戴红俏 戴敦邦

原　文　势者，因利而制权也。

译　文　所谓态势，即是凭借有利于己的条件，灵活应变，掌握作战的主动权。

1. 公元前四世纪中叶，秦孝公重用商鞅，变法图强。经过一个世纪的发展，至秦王嬴政即位（公元前246年）时，秦国已成为沃野千里、战车万乘、实力雄厚的大国。

2. 秦王政九年（公元前238年），二十二岁的秦王嬴政开始亲政。他铲除了丞相吕不韦和长信侯嫪毐（ǎi）叛乱集团的势力，开始制订统一六国的战略和策略。

3. 赢政任贤使能，不论秦国人或外地人，凡忠于秦并愿为秦效力的，都予以重用。如楚国的李斯、魏国的缭，被赢政分别任为长史、国尉。他们对秦王政提出了统一六国的策略和步骤。

4. 尉缭（秦任之为国尉，因称尉缭）认为：当今六国的决策，都由各国豪臣控制。而这些豪臣只谋私利，不为国家兴亡着想。秦国如以重金贿赂各国豪臣，这些人就能为秦所用。

5. 李斯提议：六国之中，以韩国最弱，且又紧邻秦国东边，可以先取韩国……

6. 秦王嬴政采纳了他们的意见，派遣谋士（间谍）携带金玉奔赴列国游说。凡愿接受金钱财物而为秦国效力的豪臣，都送厚礼结交，作为秦国设在列国的内应。

7. 这些派出的谋士，在列国活动了一年多，效果都比较显著：既收买了各国豪臣，又取得了不少政治军事机密。

8. 秦王政十一年（公元前236年），赵、燕两国发生战争，赵国大将庞煖率军攻燕。嬴政与李斯、尉缭商议，决定暂缓取韩，乘赵国内部空虚之机，以救燕为名，分兵两路攻赵。

9. 赵国悼襄王得悉秦军两路来攻，想重新起用老将廉颇。便派内侍唐玖送貘貁名甲一副、良马四匹给廉颇，吩咐说："如见他身强力壮，则请他出来带兵。"

10. 此时，秦国潜伏在赵国的谋士王敖悄悄会见了赵王的宠臣郭开，对郭开说："廉颇与大夫有仇，他如再次出来，对大夫不利。"于是，两人商量了阻止廉颇出来的计策。

11. 郭开将唐玖请到家中，送了唐玖几件贵重礼物，要他回来报告赵王时，说廉颇已衰老，不堪领兵出战。

12. 唐玖见到廉颇后回到赵国都城，向赵王谎报说："廉颇尚能骑马食肉，但已大便失禁，跟我坐了不长时间就进厕所三次。"赵王长叹道："廉颇真老矣！"于是不再召用。

13. 这时候，由秦国老将王翦率领的北路军已攻占了赵国的阏与（今山西和顺）、橑阳（今山西左权）等地；由大将桓齮率领的东路军已攻占了赵国邺（今河北临漳县西南）、安阳（今河南安阳西南）等地。两路军共攻占赵国九城。

14. 就在这一年，赵国悼襄王忧惊过度，病死了。由儿子幽缪王迁继
位。

15. 秦王政十三年（公元前234年），嬴政命桓齮率军继续攻赵。桓齮军在平阳（今河北临漳西南）大败赵军，歼敌十万，杀死赵将扈辄。

16. 赵王迁当国君还不足两年，不免惊慌；而且平阳距离赵都城邯郸（今河北邯郸市西南）不远，急忙派人速调防御匈奴的名将李牧为大将军抵抗秦军。

17. 李牧接到王命，率精兵五万人星夜赶回，将部队屯在城外，自己入城见赵王。要求赵王给他用兵的权力，不要牵制他。赵王答允，并将赵葱的兵马亦交给李牧统辖。

18. 第二年，秦军又攻打宜安（今河北石家庄东南），李牧率军至肥下（今河北藁城西南）抵御。肥下一战，击败秦军。

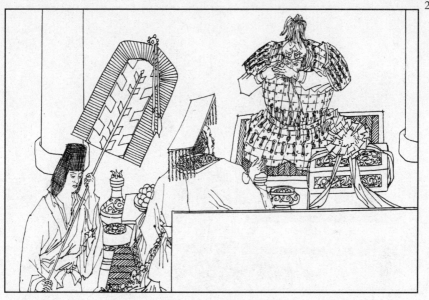

19. 为了表彰李牧的功勋，赵王封李牧为武安君。

20. 秦王政十四年（公元前233年），韩国的公子韩非向嬴政提出建议：统一六国，应在破坏六国"合纵"的前提下，先攻赵、韩，稳住楚、魏，拉拢齐、燕；待败赵亡韩之后，再逐个击灭他国。

21. 韩非的建议，体现了先攻弱，后攻强，由近及远、各个击破的方针。嬴政听取了这一建议，灵活应变，修改完善了原定的方针。

22. 鉴于当前还不能迅速灭亡赵国，嬴政决定掉转矛头进攻韩国。秦王
政十六年（公元前231年），韩国在秦军步步进逼的形势下，被迫献出
南阳（今河南省西南部）以求和。秦国派内史腾率军前往接收韩地。

23. 第二年（公元前230年），秦内史腾从南阳出兵，一举攻破韩都阳翟（今河南禹县），俘韩王安。韩国灭亡，秦将韩地改设为颍川郡。

24. 秦国灭韩之时，赵国正发生严重旱灾，经济困难，饥民甚多，形势危急。嬴政把握住这个时机，于秦王政十八年（公元前229年）命王翦和端和分兵两路攻赵。

25. 王翦率军进攻赵地井陉（今河北井陉西），井陉旋即被攻陷。

26. 端和率军包围赵国都城邯郸。赵王命武安君李牧、将军司马尚分别阻击秦军。秦军屡战不胜,相持一年之久。

27. 这时，秦国的谋士王敖接受了密令，又活动起来。他来到老将王翦大营，对王翦说："秦王的意思，请老将军给赵国军营的李牧写写信，商议讲和。这样，我就有办法使他失败了。"

28. 王翦领会了秦王的意图，即派使者持书到李牧大营提议讲和。李牧
也派人回书，同意谈判。就此互派使者往来，不战不和地拖着。

29. 在赵国都城郭开的府邸，王敖走得更勤。今日送黄金，明日赠珠宝，成为郭开的知己。这天，他神秘地告诉郭开："李牧与王翦媾和，约定在破赵之后，封李牧为代王……"

30. 郭开急忙向赵王报告，赵王表示怀疑，郭开建议赵王派人去李牧军营察看。赵王派人去李牧大营，果然见到李牧与王翦有书信来往。

31. 赵王不得不相信了。他想："李牧是赵国名将，长期守卫北方，歼灭过十几万犯边的敌人，怎么能打不垮王翦几万人马呢？"于是，就派使者到李牧大营传令：升赵葱为大将，接替李牧的兵权。

32. 李牧叹息着说："真让我走廉颇的老路了！"他深知赵葱不是王翦的对手，赵国必败，拒不交权，说要面见赵王。使者是郭开一路的人，就和赵葱一起杀死了李牧。

33. 秦王政十九年（公元前228年），王翦继续攻赵。由于赵军换将，指挥错误，士气受挫，致使赵军大败，赵葱被杀。

34. 秦军乘胜进军，攻占了太行山以东的赵国全部地区，直逼赵都邯郸。

35. 秦军包围邯郸，赵王迁无计可施，只能在宫中饮酒解忧。郭开暗暗派人给王翦送信，要求秦王嬴政亲临邯郸，他将力劝赵王投降。

36. 秦王嬴政果真亲临邯郸。赵王迁在城上见到秦王大旗，更为恐慌。
郭开乘机劝赵王将和氏璧和邯郸地图献给秦王，秦王必不加害赵王。

37. 赵王无奈，亲自携璧负图，开城投降。于是赵国灭亡，只有赵公子嘉带领赵氏宗族数百人逃往赵国的代城（今河北蔚县西北），自立为代王，并和燕国联合，欲阻秦军北上。

38. 秦军在灭赵时，王翦已调集了一部分秦军集结于中山（今河北正定东北），兵临燕境。燕太子丹看到难以抵挡秦军，打算结交勇士，暗杀秦王嬴政，以挽救危局。

39. 秦王政二十年（公元前227年），太子丹派荆轲和秦舞阳带着燕国地图出使秦国，伪装献图，企图乘机刺杀嬴政。

40. 荆轲来到秦都咸阳，向嬴政献地图时"图穷匕首现"，荆轲当即持匕首刺向秦王，却未刺中，被逮住杀死。嬴政便以此为由派王翦、辛胜率军伐燕。

41. 燕军联合代军（赵太子嘉的军队）进行抵抗，与王翦军战于易水（今河北雄县西北）以西，被秦军击败。王翦军不久就攻占燕国都城蓟（今北京西南）。燕王喜与燕太子丹退到辽东。

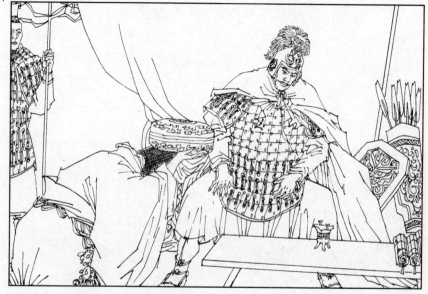

42. 嬴政定要捉住暗杀的主使人太子丹，就命将军李信率军追击，在衍水（今辽宁浑河）击败燕军。燕王喜走投无路，杀死太子丹，向秦王谢罪求和。嬴政鉴于燕、代残部不足为患，遂命秦军南下。

43. 重创了燕国之后，黄河南北大部地区已为秦国控制，黄河中下游只剩下孤立无援的魏国。秦王政二十二年（公元前225年），嬴政派老将王翦之子王贲率军进攻魏国。

44. 魏王急忙下令修缮城墙，挖深城河。同时派使向齐国求救。可是齐国的实权掌握在豪臣后胜手里，后胜早已得到秦国的许多黄金珍宝，遂对齐王说："如果援助魏国，后果不堪设想。"齐于是不出兵救魏。

45. 王贲率领的秦军连战连胜，很快就到达魏国都城，包围了魏都大梁（今河南开封）。大梁城坚池深，魏军拼死坚守，王贲军多次强攻，无法攻破。

46. 这时正逢阴雨时节，连降大雨，河水上涨。王贲遂引黄河水淹城，
大梁城被浸水三日，城墙多处倒塌。

47. 秦军从墙缺冲入，魏王被俘，魏国灭亡。

48. 嬴政在灭掉韩、赵、魏之后，立即部署伐楚。因老将王翦说要六十万人马才能伐楚，而年轻的将军李信只要求二十万，嬴政就派李信为大将、蒙恬为副将带兵向楚国进攻。王翦就托病回家养老去了。

49. 李信出战开始，打了几个小胜仗，比较顺利。接着，楚国派大将项燕率兵二十万迎战，并使用伏兵，击败了秦军。

50. 蒙恬奔回咸阳报告失败情况，秦王亲自到王翦家中见王翦。王翦说："楚国幅员辽阔，兵力强盛，非六十万军不能破。"

51. 嬴政遂发兵六十万。王翦再次出来领兵伐楚，击败项燕大军。

52. 第二年，王翦与老将蒙武（蒙恬之父）率军继续进攻楚军余部，大败楚军，俘虏了楚王负刍，楚国灭亡。

53. 灭楚以后，王翦告老回家。王贲顶替父亲为大将，远征辽东，俘虏燕王；又灭了赵国公子嘉在代城的军队。至此，六国只剩下齐国未灭了。

54. 这时，齐国国君才紧张起来，慌忙把军队集结在齐国西部，准备进行抵抗。

55. 秦王政二十六年（公元前221年），秦军避开齐国西部的主力，王贲率大军自北南下，直插齐国国都临淄。

56. 同时，秦国又派使者与齐王建谈判，允许给以封地。在秦国大军压境和政治利诱下，齐王建投降，齐国灭亡。

57. 统一六国，用了十年时间。秦王嬴政凭借有利于自己的条件，制订正确的战略，灵活应变，及时掌握了战争的主动权，实现了宏大的抱负。在庆功大典上，群臣歌功颂德，喜气洋洋。

58. 秦王嬴政在咸阳称帝，改秦王政二十六年为秦始皇二十六年。自此，结束了诸侯割据、纷争混战的局面，建立了我国历史上第一个封建的中央集权的统一国家。

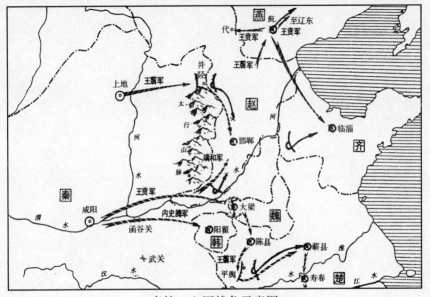

秦统一六国战争示意图

孙 子 兵 法
SUN ZI BING FA

战例　　**冒顿强而示弱困刘邦**

编文：朱丽云

绘画：陈亚非　安　淮

原　文　能而示之不能。

译　文　能打，装作不能打。

1. 汉高祖刘邦统一中国以后，北方日渐强大的少数民族匈奴，成为西汉王朝的一大隐患。汉高祖六年（公元前201年），为了整顿边防，刘邦派韩王信（即韩信，西汉初诸侯王，非淮阴侯韩信）镇守晋阳（今山西太原西南），抵御匈奴入侵。

2. 韩王信上书汉高祖，声称晋阳离边塞太远，请求领兵北迁至马邑（今
山西朔县），高祖同意了。韩王信到达马邑，即命部下动手挖掘壕堑、
修缮城墙。

3. 当年秋天，工程刚刚竣工，匈奴兵就蜂拥而至，将马邑城团团围住。韩王信登城俯视，眼见有一二十万匈奴兵，自思敌众我寡，无法抵抗，只好飞马入关，请求援兵。

4. 匈奴单于冒顿率兵猛攻，很是厉害。由于边塞与内地相距千里，即使汉高祖立发援兵，也不能朝发夕至。韩王信怕马邑陷落敌手，只得一再派出使者，暂时向冒顿求和。

5. 和谈尚未成功，风声先已传开了。奉命援助的汉军行至半途，得到韩王信在求和的消息，不敢贸然前进而停了下来，并立即派人向汉高祖报告此事。

6. 汉高祖闻讯，派使者疾驰马邑，责问韩王信，为何不等命令，擅自向匈奴求和。

7. 韩王信吃了一惊，害怕得罪汉高祖而被杀，就干脆把马邑城献给了冒顿，自愿作为匈奴单于冒顿的属臣。冒顿随即命令他做向导，带兵直攻晋阳。

8. 急件如雪片一般飞入关中，汉高祖于是颁布诏令亲自出征。汉高祖七年冬，汉高祖率领三十二万骑兵、步兵，陆续向北进发。

9. 先头部队到了铜鞮（今山西沁县南），就与韩王信的兵士遭遇，一场厮杀，把韩王信的部队击溃，斩杀了他的属将王喜。

10. 韩王信请求冒顿发兵救援，冒顿便命令左、右贤王带领万余铁骑和韩王信会合，再次南侵。到了晋阳，和汉军接战，被杀得大败。

11. 汉军追到离石（今山西离石），又大败匈奴兵。汉军得到大批匈奴遗弃的牲畜，这才停止追击。

12. 稍后，匈奴又聚兵楼烦（今山西宁武）西北，汉高祖命令车骑加以攻击。匈奴兵屡次败退，汉军乘胜北进。

13. 汉高祖为连续的胜利所鼓舞，企图将内忧外患一并解决，便派出间谍窥探匈奴内部的虚实。

14. 冒顿得知后，为了诱使汉军深入，就将匈奴的壮士隐匿起来，而把老弱残兵示之于外。汉军间谍回来后便把见到的表面现象向汉高祖报告，声称匈奴兵老弱可击。

15. 汉高祖听后就亲率大部人马从晋阳出发，临行，又派出奉春君刘敬前往窥探，以期彻底弄清对方虚实。

16. 一路上遇到匈奴兵马，汉军只要大喊一阵，他们便吓得四下乱跑，不作任何争斗。汉军顺利地越过了句注山（今山西代县西北）。

17. 这时，奉命前去探视军情的刘敬归来。汉高祖急忙问道："进攻匈奴，想必没什么问题吧？"刘敬直率地说："臣以为不宜轻率进击。"

18. 汉高祖不太高兴地反问："为何不宜？"刘敬说："两国相争，理应耀武扬威，夸耀自己的力量才是，但我看到的匈奴兵马，尽是些老弱残兵，毫无斗志可言。臣以为此中有诈，陛下要慎重而行。"

19. 汉高祖正在进击的兴头上，不防刘敬出来阻拦，心里很是懊恼，便开口大骂，并且下令左右拿下刘敬，送到广武（今山西代县西南，在句注山南）狱中，待进军回来时再作发落。

20. 汉高祖自率人马继续前进，而且急于求成，命太仆夏侯婴增加快马，疾速赶路。这一来，骑兵还勉强可以跟上，步兵大多就落在后面了。

21. 好不容易到达平城（今山西大同东北），猛然听得长长一声胡哨，随即四面尘土飞扬，无数的匈奴兵包围了过来。

22. 汉高祖急忙下令部众反击，战了多时，不见胜负。

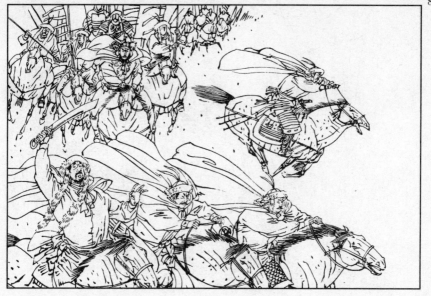

23. 这时，冒顿又亲率大队匈奴骑兵到达。汉军本已跑得精疲力竭，再加一场大战，眼看着支持不住了。

24. 汉高祖抬头四顾，见平城东北角上有一座大山，急忙下令突围，引兵退到山中，并在山口垒石为堡，拼死抵抗。

25. 匈奴兵几番冲杀，均未攻破。这时，冒顿下令停止攻击。

26. 冒顿将部队分为四支，把山四周团团围住。这山名叫白登山，冒顿早已在此设下伏兵，专等汉高祖闯进山中陷入罗网，借机一网打尽。

27. 汉高祖困在山上，忧心如焚，几次组织突围，都没有成功。眼巴巴盼着后面的军队到来，但总是不见人影。

28. 原来落在后面的汉军，因为有四十万之多的匈奴兵散布在通往白登山的各条路口，根本无法靠近。

29. 汉高祖在白登山上被困七天七夜，幸亏谋士陈平献上了一条秘计，派人送去大量金银珠宝给冒顿的爱妻，让她向冒顿说情。冒顿听了爱妻的劝说，终于开围一角，放出了汉高祖。

30. 汉高祖回军经过广武，赦免了刘敬，并向他致歉："我当初没听你的话，以至中了匈奴的奸计，差点不能与你相见。"汉高祖于是封刘敬为关内侯，食邑二千户。

战 例　**狄青示假隐真夺昆仑**

编　文：秋　野

绘　画：刘建平　姚仲新

原　文　用而示之不用。

译　文　要打，装作不要打。

1. 宋仁宗皇祐元年（公元1049年），广西少数民族首领侬智高起兵反宋，攻城掠地，岭南为之震动。

2. 宋王朝先派张忠、蒋偕等领兵去镇压，都因轻敌而失败，又派孙沔、余靖去招抚，也毫无进展。宋仁宗深为忧虑。

3. 皇祐四年（公元1052年），宋代名将狄青自告奋勇，请求领兵前往讨伐。

4. 宋仁宗非常高兴，即命狄青为宣徽南院使，统一指挥岭南的军队，并在汴京垂拱殿为他设宴送行。

5. 狄青率兵南下，与孙沔、余靖会见，屯兵宾州（今广西宾阳）。由于宋军在南下过程中，每天只走一个驿站的路程，每到一个州城则休息一天，因此，到达宾州时，士气仍然十分高涨。

6. 当时，侬智高盘踞在邕州（今广西南宁南郁江南岸），依恃昆仑关与宋军相抗拒。昆仑关位于宾州西南，是个险要的山口，易守难攻。

7. 皇祐五年正月中旬，大军到达宾州，正临近元宵灯节。狄青便宣布全军放假十天，休息待命。

8. 自元宵节起，狄青还安排了三天庆贺佳节的宴会：第一天是正月十五日，晚上月明如昼，宾州城内到处张灯结彩，热闹非凡。

9. 狄青亲自主持了筵宴。诸将开怀畅饮，通宵达旦，尽醉方休。

10. 第二天，狄青又亲自主持筵宴，这次宴请的全是军佐。饮酒行令至二更时分，突然乌云遮月，风雨交加。

11. 就在这时，狄青忽然双手捂住腹部，口称身体不爽，退到后面休息去了。

12. 没多久，派人出来传话道："元帅请孙沔将军代为劝酒，待吃了药再来陪宴。"

13. 赴宴的军佐一面饮酒，一面等待，谁知一直等到五更时分仍不见元帅回席。正值众人昏昏欲睡之际，突然跑来了一名军使。

14. 那军使大声传呼道："狄帅在三更时已攻下昆仑关了！"这个捷报太出人意外了，许多人目瞪口呆，简直不敢相信这是真的。

15. 原来，狄青早已意识到，要夺取昆仑关，单靠强攻是不行的。因此，宋军到达宾州之后，本来可以直接出发攻打昆仑关的，狄青却故意下令休息十天、饮宴三天，采用了麻痹敌人的计策。

16. 果然，昆仑关上的敌军探听到宋军放假休息，不会马上攻关的消息之后，便放松了戒备。

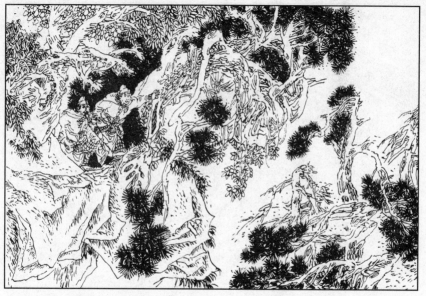

17. 此时，狄青却派人暗中进行了侦察，把昆仑关内外地形、军事设施、守关兵力部署调查得一清二楚。

18. 随后，狄青召来心腹将领，详细布置了各部袭击昆仑关的计划，并做好一切准备工作。到元宵佳节时，已经是万事皆备，专等号令行动了。

19. 由于军令森严，谁也不敢走漏风声，昆仑关上的守敌当然一无所知了。直到狄青离席传令出动时，守敌还以为宋军在欢宴畅饮，也聚众畅饮起来。

20. 狄青亲自率领部队，冒着暴风雨，踏着泥泞小道，在黑暗中向昆仑关方向前进。

21. 由于守军毫无防备，因而宋军到了关前都没有被发觉。狄青果断地指挥部下断锁登城，杀进关去。

22. 守将们正在猜拳行令，饮酒作乐。忽闻宋军已杀进关内，一时还不信。及至宋军杀到跟前，才被吓得惊慌失措。

23. 经过一番追杀格斗，宋军终于打败守敌，顺利地攻取了昆仑关。

24. 狄青攻占了昆仑关之后，打通了南进道路，率众乘胜进逼邕州。

25. 侬智高闻报昆仑关失守、宋军南下的消息后，带领部下占据有利地形，居高临下，列阵应战。

26. 狄青采取步兵正面牵制、骑兵两翼夹击的策略，大败侬智高军，斩敌数千人。侬智高在少数人的簇拥下落荒而逃。至此，宋军大获全胜。

战 例 **越王佯攻破吴军**

编文：王素一

绘画：钱贵荪 金 戈

原　文　　近而示之远。

译　文　　要向近处，装作要向远处。

1. 周敬王三十八年（公元前482年），吴王夫差为争当盟主，亲率国中精兵，从都城姑苏（今江苏苏州）出发，长途跋涉到黄池（今河南封丘西南）大会诸侯。

2. 为了昭雪国耻而卧薪尝胆近十年的越王勾践，探知吴国兵力空虚，遂与大夫范蠡计议，率大军袭击吴国。六月下旬俘吴国太子友，缴获大批物资。

3. 远在黄池的吴王夫差勉强争得盟主，就急忙回军。由于急行返国，人马困乏；国都失守，军心涣散，夫差估计难以取胜，就在途中派太宰伯嚭带厚礼向越王求和。

4. 越王与范蠡等人商议，认为吴国的精兵还在，难以全部歼灭。就允许和议，撤兵回国。

5. 吴国向越国求和后，由于连年战争，生产遭到破坏，并常闹灾荒，遂裁减军队，使百姓休息，企图恢复力量，待机再举。越国大夫文种建议勾践："吴国军队疲惫，防务松驰，有隙可乘，该加紧准备再次攻吴。"

6. 勾践采纳文种的意见，加强练兵备战。周敬王四十二年（公元前478年），吴国大旱，仓廪空虚，饥民颇多。勾践认为是大好时机，于是大举攻吴。

7. 战前，勾践对士卒发出"明赏罚、备战具、严军纪"等规定。并以"为国复仇"相号召，鼓励出征者奋力作战，留乡者专心生产；规定独子及体弱者免服兵役，兄弟二人以上者留一人在家奉养父母。这些规定，深得民心。

8. 三月，勾践率大军到笠泽（今江苏吴江一带）。夫差闻报，急率吴国所有兵马迎战。吴军在江北，越军在江南，隔水对阵。

9. 勾践发觉吴军兵马不比越军少，遂与范蠡、文种商议，采取佯攻的办法：由范蠡率右军逆江而上，而文种率左军顺江而下。黄昏时，饱餐后的左右两军分别隐蔽在江中。

10. 至半夜，两军在左右两处鸣鼓呐喊。夫差以为越军两路渡江进攻，
连夜分兵两路迎战。

11. 勾践乘吴军一分为二向左右远奔而去之机，亲率主力偃旗息鼓潜行渡江，出其不意从中间薄弱部位进攻。吴军留守中路的士兵既少且弱，不堪一击，兵败溃退。

12. 越军乘胜追击，直追至没邑（今江苏吴县南）。吴军左右两路士兵扑空后急忙回救，已疲惫不堪，在没邑被越军战败。

13. 越军继续猛追，在吴国都城城郊赶上吴军，而范蠡和文种率领的左右两军亦及时渡江赶到，围攻吴军。吴军惨败，溃不成军。夫差仅剩少数残兵逃回城中，闭门自守。

14. 越军此次攻吴，主要目的是消灭吴国有生力量，从根本上改变吴强越弱的形势。目的已达，并又占领了吴国很多土地，勾践就不再强攻吴国都城，凯旋回国了。

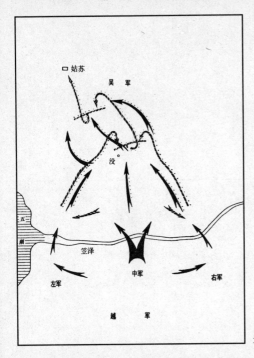

吴越笠泽之战示意图

孙 子 兵 法
SUN ZI BING FA